Mi Her Mama Jazz:
Una Historia De Adopcin

por

Joy Clack -Young

Título : My Sister Jazz: una historia de adopción
Autor: Joy Clark-Young White Plains, Maryland, USA
Illustrator: Shalini Saha

Publisher: Sohail Gondal

Tarro de galletas de cristal pequeño de Jazz: Una historia de adopción "

Bio autora:

Soy autora, inmobiliaria, esposa, madre, madre adoptiva de 25 años y madre adoptiva de 12 años. Soy originario de Buffalo, Nueva York, pero ahora resido en White Plains Maryland. Decidí escribir una serie de 2 libros, "Jazz's Little Glass Cookie Jar: An Adoption Story" y My Sister Jazz: An Adoption Story ", porque a los 59 años he visto de primera mano las ordalías que los niños deben soportar, así como las cualidades y el espíritu únicos que posee cada niño. Este trabajo inspirará a los niños que todavía buscan una familia a saber que no están solos. Me ha inspirado escribir sobre esta difícil situación de los niños para brindar esperanza, no solo a los niños adoptivos o de crianza temporal, sino a todos los niños. Amo el espiritu y la energia que la niñez crea en mis hijos, nietos y otros niños, y quiero animarlos a ser todo lo que sueñan ser.

"¡Hola a todos! Bienvenidos a mi mundo. Yo soy Seven Heaven, y estoy muy emocionada por contarles mi historia. ¡No se rían! Sé que mi nombre es extraño, pero yo lo amó porque es único como yo. Mi mamá, Judy McCullough, me adoptó hace unos años. Eso no es algo para estar triste porque ahora tengo una familia que me ama hasta la luna y de regreso. Me tratan como a la princesa que soy. ¡Es genial ser la más joven de nuestra familia!"

Summer Poppy y Cai Aaron son mi hermana y hermano mayores. Como a la mayoría de los adolescentes, a ellos les gusta la música, los celulares, y los videojuegos. Está bien porque eso es lo que hacen los adolescentes.

Un domingo por la noche, justo antes de acostarnos, mamá llamó a Summer Poppy, Cai Aaron, y a mí a su habitación diciéndonos que tenía un gran anuncio que hacer. Todos estábamos emocionados de escuchar que era. ¿Íbamos a Disneyland? ¿Iban a venir la abuela Ailene y PeePaa de visita? ¿Qué podría ser?

El gran anuncio de mamá era que adoptaríamos a una niña llamada Ebony Jazzlyn, ¡pero todos la llamaban Jazz! "¡Nooooooo!" Grité. Eso era lo último que esperaba escuchar. ¡Esto era terrible! No podía creer que ese fuera el gran anuncio. ¡Se supone que yo soy el bebé de esta familia!

Todos estaban confundidos por mi reacción. Ellos estaban emocionados, pero yo no. No entendían porque estaba molesta. Pero yo sabía que, si llegaba una nueva hermanita, la atención especial que yo recibía desaparecería para siempre. Tendría que compartirlo todo, incluyendo mi habitación y mis juguetes. ¡No necesitábamos otra niña o niño estropeando las cosas! ¡No era justo!

A la mañana siguiente, todavía estaba enojada y me negué a desayunar. Mamá me sentó en sus rodillas, me puso contra su corazón y me susurró al oído. "No importa qué pase, tú siempre serás mi bebé, al igual que Summer Poppy y Cai Aaron.
Pero nuestra familia tiene amor más que suficiente para compartir, y eso es lo que Jazz necesita en este momento. Ya verás", dijo mamá sonriendo. "Ella será tu mejor amiga y tú serás una gran hermana mayor".

Después de que me aseguraran de que siempre me amarían, incluso con una nueva hermana menor en la casa, estaba un poco menos enojada. Quizás eso no sería tan malo después de todo. Incluso hasta podría ser divertido.

Una cosa que realmente disfruté fue ir a comprar ingredientes que a Jazz le gustaba comer. Mamá incluso me permitió elegir algunas de mis golosinas favoritas para mí.

Una semana antes de que llegara el momento de recoger a Jazz. Mamá nos llamó a la sala de estar diciendo que necesitaba hablar con nosotros. Summer Poppy, Cai Aaron, y yo nos sentamos en el sofá esperando escuchar la noticia. Pensé, Oh no, no otro gran anuncio.

"Tenga algo que contarles sobre su nueva hermana", dijo mamá con una mirada seria en su rostro. "Jazz está en silla de ruedas. El año pasado, cuando tenía siete años, tuvo un accidente que le debilitó las piernas. Con fisioterapia, algún día podría volver a caminar. Hasta entonces, tiene que usar un andador y silla de ruedas". Mamá se dio cuenta de que estábamos estupefactos. Tener una hermana en silla de ruedas sería muy diferente. Pero ella nos tranquilizó con una sonrisa, diciendo, "No se preocupen, todo va a estar bien".

Mamá me dio un calendario para contar los días hasta la llegada de Jazz. Las X en el calendario finalmente se completaron, lo que significaba que mañana era el día. "¡Yayyyyyyy!", pensé dentro de mí misma.

El día había llegado. Mamá y yo nos subimos al auto y nos dirigimos
a la oficina de adopción.

Una vez allí, mamá firmó un monto de papeles, lo cual tomó una eternidad. Todo lo que yo podía hacer era sentarme y esperar. Estaba nerviosa y un poco asustada. ¿Le caería bien a Jazz? ¿Ella me caería bien a mí? ¿Por qué se tardaba tanto? ¡Odiaba tener que esperar!

Finalmente, la asistente social, la Sra. Frances James, salió de la habitación y regresó con mi nueva hermana, Jazz. Como mamá había dicho, ella estaba en silla de ruedas. Sostenía un pequeño frasco de vidrio. Jazz me miró con una gran sonrisa y dijo, "Hola, hermana mayor, me alegra conocerte".

¡OMG! Ya era una hermana mayor. Tenía nuevas responsabilidades, como compartir mis juguetes y libros, mantener limpio mi lado de la habitación y, por su puesto, enseñarle mis juegos favoritos.

Cuando llegamos a casa, Summer Poppy y Cai Aaron estaban esperando en la puerta. Empujé la silla de ruedas adentro, donde Summer Poppy y Cai Aaron recibieron a Jazz con abrazos y besos. Jazz no estaba nerviosa en lo absoluto. Era como si hubiera vivido con nosotros desde siempre. Jazz no dijo, "Por favor, no me traten de manera diferente porque estoy en silla de ruedas".

"Tu silla no importa porque serás amada y tratada de la misma manera a pesar de la silla. Ahora somos una familia feliz y eso es todo lo que importa", dijo Summer Poppy, arrodillándose frente a Jazz.

Durante las próximas semanas, Jazz y yo disfrutamos de nuestro tiempo juntas. Y donde quiera que ella iba, llevaba ese pequeño frasco de vidrio que tenía el día que nos conocimos. Me daba curiosidad. ¿Qué había en ese frasco?
Jazz explicó, "Mi frasco contiene los sentimientos secretos que escribí en la parte de atrás de mis dibujos de galletas mientras estaba en la casa hogar. Me hacían feliz porque sabía que algún día mis sueños secretos se harían realidad".

Pero un día, Jazz comenzó a toser y su piel se puso caliente. El termómetro marcaba 103.5 grados Fahrenheit, que es una temperatura muy alta. Ella no comía, bebía, ni dejaba de llorar. \ Parecía estar muy enferma. Estaba preocupada.

Mamá decidió llevar a Jazz a la sala de emergencias. Yo estaba asustada, por los ojos de Jazz estaban rojos como un camión de bomberos y no me hablaba. Lloré porque no quería que se quedara en el hospital y no la viera en mucho tiempo.

El doctor Galey examinó a Jazz. Dijo que tenía gripa y una infección en el oído. El doctor nos dio una receta para un antibiótico y dijo que Jazz necesitaba líquidos y descanso, pero que mejoraría en poco tiempo. Me sentí aliviada. En ese momento supe con certeza que amaba a mi hermana con todo mi corazón, porque te preocupas más por las personas que amas.

Cuando llegamos a casa, ayudé a mamá a darle su medicina a Jazz y me aseguré de que hubiera agua y jugo. Mi hermana me necesitaba y yo iba a estar ahí para ella.

Una vez que ella se recuperó, estuvimos juntas siempre. Jugábamos afuera.

Escuchábamos música.

Compartimos muchos abrazos y besos. Jazz ya no cargaba su pequeño frasco de vidrio. ¡Dijo que sus sueños se habían hecho realidad porque ahora nos tenía!

No podría creer que no hubiera querido que mamá adoptara a Jazz. Realmente pensé que ya nadie me prestaría atención, porque ya no sería la más nueva ni la más joven. Estaba equivocada. ¿Y si Summer Poppy y Cai Aaron no me hubieran querido cuando fui adoptada? ¿Dónde estaría si mamá no me hubiera elegido entre todos los demás niños? No me lo podía imaginar. Me di cuenta de que cuando llegó Jazz, no perdí nada, sino que gané el amor de una hermana. Jazz estaría sola sin nosotros y yo no sería una hermana mayor. Me arrepentí de haber sido egoísta y solo pensar en mí misma.

Soy una princesa especial. ¡Y ahora Jazz es una princesa también!

Gracias, mamá, por hacer que nuestra familia esté completa.

Seven Heaven Young
A great big sister

Gracias a todos por leer mi historia. ¡Recuerden siempre que compartir amor siempre devuelve amor!